양골초등학교 연못단

교과 연계
국어 5학년 2학기 2단원 지식이나 경험을 활용해요
국어 6학년 1학기 9단원 책을 읽고 생각을 넓혀요
도덕 3학년 6단원 생명을 존중하는 우리
도덕 4학년 4단원 힘과 마음을 모아서
도덕 5학년 5단원 갈등을 해결하는 지혜

즐거운 동화여행 194

양골초등학교 연못단

20224년 11월 18일 초판 1쇄

글 배정순 그림 주민정
펴낸이 김숙분 디자인 김은혜·김바라 홍보·마케팅 최태수
펴낸 곳 (주)도서출판 가문비 출판등록 제 300−2005−60호
주소 (06732) 서울 서초구 서운로 19, 1711호(서초동, 서초월드오피스텔)
전화 02)587−4244~5 팩스 02)587−4246 이메일 gamoonbee21@naver.com
홈페이지 www.gamoonbee.com 블로그 blog.naver.com/gamoonbee21/
제조국 대한민국 사용 연령 8세 이상
주의사항 종이에 베이거나 긁히지 않게 조심하세요.

ISBN 978−89−6902−739−9 73810

양골초등학교 연못단

배정순 글 주민정 그림

가문비
어린이

작가의 말

25년 동안 줄곧 동시를 써 왔어요. 동시집을 다섯 권이나 냈지요.

그러던 중, 슬금슬금 내 속을 비집고 다니는 무엇이 있었어요. 모른 척하고 지내기를 몇 년. 다른 할 일이 많은데 하면서 또 몇 년이 지났죠.

어느 날, 언제까지 모른 척할 거냐고 아우성치는 소리가 들렸어요. 그게 동화였어요. 살짝 겁나기도 하여 용기가 필요했어요. 겁나는 건 열심히 동화를 쓰는 것으로 밀어내고, 시작이 반이라는 걸 믿기로 했어요.

요즘은 어린이들이 재미있다고 깔깔 웃으며, 다음 동화는 언제 나오냐고 조르는 걸 상상하며 소재를 찾아 두리번거리고 있답니다.

첫 동화집이라 작가의 동화 요리 솜씨가 서툴러요. 지금 더 맛있는 동화를 쓰기 위해 노력하고 있답니다. 기대해 주세요.

동화에 첫발을 내디딜 때 힘이 되어 준 글벗들, 예쁜 그림으로 이야기를 살려 주신 주민정 그림 작가님, 서툰 동화책을 선뜻 내주신 가문비어린이에게 감사함을 전합니다. 동화를 쓴다고 할 때, 격려와 용기를 주었던 가족 모두 감사합니다.

배정순

차례

1. 양골초등학교 연못단

"비왕이 사라졌어!"

등교하던 범수가 연못가에서 소리쳤다. '비왕'이란 이름까지 붙여 주며 특별히 돌보던 비단잉어가 지난밤에 사라진 거다.

"교장 선생님, 큰일 났어요. 연못에 또 도둑이 들었어요!"

범수와 함께 연못가를 서성이던 동민이가 교장 선생님을 보자 소리쳤다.

"어허, 이를 어쩐다?"

가방을 멘 5, 6학년이 연못 주위로 몰려와 한마디씩 했다

"내가 보기엔, 사람 짓이 아닌 거 같아."

"맞아. 야생 동물이 범인일 거야. 밤에 몰래 잡아간 게 분명해."

5, 6학년들은 교실 쪽으로 사라지고, 교장 선생님도 시계를 보더니 교장실 쪽으로 향했다.

"너무하지 않냐? 교장 선생님도 형들도 물고기가 사라졌는데 별로 관심이 없어! 안 되겠다, 동민아. 우리가 연못을 지키자."

"그래, 우리가 지키자."

범수의 제안에 동민이가 찬성하고 나섰다.

"같이 지키자. 연못 지키기 나도 할래."

"나도."

아인이 뒤를 이어 늘 붙어 다니는 효주도 나섰다.

"좋아, 우리가 연못을 지키자. 이제부터 우리는 양골초등학교 연못수호단이야. 줄여서 '연못단' 어때?"

범수의 말에 모두 손뼉 치며 찬성했다.

"연못단의 대장을 뽑자. 범수가 단장하고 똑똑한 아인이를 부단장으로."

동민이가 제안하자, 이번에도 모두 찬성했다.

학교 수업이 끝나자, 연못단이 연못가로 모였다.

"얘들아, 어떻게 연못을 지킬지 의논하자."

단장 범수가 말을 시작했다.

"밤에 연못에 와서 지키자. 그래야 범인을 잡지."

범수의 말에 효주가 놀리면시 물었디.

"밤에 연못을 지킨다고?"

"여기서 야영하면 돼. 텐트 쳐놓고 지키는 거지."

야영한다는 말에 아인이도 겁먹은 표정을 지었다. 동민이가 나섰다.

"우린 양골초등학교 연못단이야. 적이 밤에 나타나니, 그때 지켜야지."

다음 날 아침이었다. 연못단이 제일 먼저 연못가로 달려왔다.

"또 도둑이 들었어! 이거, 핏자국이 분명해."

아인이가 소리쳤다.

"아주 대담한 놈이야. 흔적을 남겨놓다니!"

범수의 목소리가 가늘게 떨렸다.

"안 되겠어. 당장 오늘 밤부터 야영하자."

범수가 단호하게 말하자, 아인이와 효주는 아무 말도 못 하고 교

실로 향했다. 함께 연못을 지키겠다고 약속했지만, 야영까지 하게
될 줄은 몰랐다.

점심시간에 아인이가 가방에서 핸드폰을 꺼내 사진함을 열었다.
지난봄, 교문 옆에 연못을 만들고 물고기를 넣던 때가 생각나서였
다.

알록달록 금붕어와 은빛 비단잉어를 연못에 넣을 때 전교생이 나
와서 환영식을 했다. 한 가족이 된 물고기들은 양골초등학교 아이들
의 관심을 듬뿍 받으며 무럭무럭 자랐다.

아이들이 다가오면 물고기들은 온몸을 흔들며 반겼다. 그도 그럴
것이, 급식 시간에 몰래 밥알을 숨겼다가 던져 주는 아이들이 있었
기 때문이다. 어떤 아이는 용돈을 모아 사료를 사다 뿌려 주었다.

아이들은 물고기 도감을 도서관에서 빌려서 공부하기도 했다. '밤
에 잠을 잔다, 낮에 잠을 잔다'를 놓고 팽팽하게 맞서기도 했다.

"금붕어는 낮에 활동하는 주행성이야. 내가 길러 봐서 안다니까."

"물고기는 야행성이야. 시골 할아버지랑 밤에 물고기 잡으러 가
봐서 안다니까."

결론이 나지 않으면 교장 선생님께 달려갔다.

"허허, 너희가 직접 살펴보려무나. 직접 관찰하라고 연못을 만든 거니까. 바로 알려주면 관찰하는 재미가 없지."

그러면서 교장 선생님이 이야기를 덧붙였다.

"물고기들에게 먹이를 너무 많이 주면 비만이 돼요. 적당히 주도록 해요."

아이들이 또 한마디씩 했다.

"우리 집 금붕어를 여기서 살게 해 주면 안 될까요? 친구가 많으면 좋을 것 같아요."

"어제 아빠랑 냇물에서 잡은 쏘가리 여기서 살게 할래요. 아빠가 매운탕 끓여 먹는다는 걸 제가 숨겨뒀거든요."

"허허, 어항에서 살던 녀석은 연못에는 적응 못 할 수도 있어. 냇물에서 살던 물고기도 마찬가지니, 신경 쓰도록."

연못을 둘러싸고 아이들의 웃음소리가 커가고 있는데, 사건이 일어났다. 언제부턴가 물고기가 사라졌던 것이다.

아인이가 입을 열었다.

"야영하는 건 선생님께 말씀드려야 해. 우리끼리 결정할 일이 아니야."

그러자 범수가 말했다.

"고아인, 겁나서 그러는 거야? 야영이 무서워?"

"우리끼리 결정하면 안 될 것 같아서야."

아인이 태도에 범수가 실망하는 표정을 지었다.

"곧 수업이 시작될 텐데, 여기서 뭘 하고 있는고?"

그때 교장 선생님이 다가왔다.

"저희는 연못을 지키는 연못단입니다. 물고기를 잡아가는 도둑을
잡겠습니다."

범수가 큰소리치고 나섰다.

"오호, 그거 기대되는구나. 침입자가 어떤 놈인지 짐작은 하느
냐?"

교장 선생님이 관심을 보였다.

"침입자는 밤에 나타납니다."

"그래? 야행성인 모양이구나."

교장 선생님은 그러면서 교장실 쪽으로 발길을 돌렸다.

"에이, 교장 선생님은 걱정도 안 하시잖아?"

범수가 교장 선생님의 뒷모습을 바라보며 투덜거렸다.

"그러니 연못을 지킬 사람은 우리밖에 없다고! 안 그래?"

동민이가 흥분하며 목소리를 높였다. 아인와 효주가 고개를 끄덕였다.

"내가 원터치 텐트 가져올게. 던지기만 하면 텐트가 쫙 펼쳐져. 가족과 놀러 갔을 때, 해 봤어."

범수기 텐트를 기저온다고 히지, 동민이는 먹을 걸 기저오겠다고 했다.

밤은 금방 찾아왔다. 텐트를 든 범수와 간식 봉지를 든 동민이가 오자, 곧이어 아인이와 효주가 가방을 들고 나타났다.

"그런데 침입자를 어떻게 잡지? 우린 총도 그물도 없잖아. 적이 우리보다 힘센 놈이면 어떡해?"

동민이 말에 연못단은 눈만 깜박였다.

"오히려 우리가 당할 수 있어. 그리고 우린 선생님 허락도 받지 않고 왔다고."

아인이 말에 효주가 겁먹고 울먹이기 시작했다.

"야, 지금 그런 소리 하면 어떡해?"

범수가 투덜대며 텐트 가방을 바닥에 내려놓았다. 그런데 밤인데도 연못 주변이 환했다.

"연못 주변이 이렇게 환한지 몰랐네! 원래 저기 가로등이 있었나?"

"모르지. 밤에 와본 적이 없으니까. 이렇게 밝은데, 물고기를 잡아 갔단 말이야? 그놈 겁도 없네. 아니면 천하무적이든가."

범수가 주변을 살피자, 동민이가 한 수 떴다.

연못단은 연못가에 나란히 앉았다. 초가을이라 곤충 소리가 요란했다. 그때 효주가 말했다.

"좋은 생각이 났어."

"뭔데?"

연못단이 효주를 쳐다보았다.

"연못 침입자를 잡지 말고, 그냥 쫓아버리자."

"어떻게?"

"우리가 여기서 노래를 부르고 있으면, 침입자가 못 올 거야."

"아, 그거 괜찮네! 위험하지도 않고."

연못단은 누가 먼저랄 것 없이 노래를 부르기 시작했다.

거미가 줄을 타고 올라갑니다

비가 오면 끊어집니다.

해님이 다시 솟아오르면~~

삐약 삐약 병아리

음매 음매 송아지~~

동요 부르기가 이어지자, 흥이 절로 났다. 그때였다.

"거기 누구냐? 누가 이 밤에 잠자는 물고기를 깨우느냐 말이다!"

연못단은 서로 부둥켜안았다. 저벅저벅 발소리가 가까이 다가왔다.

"오호라! 연못단이라고 큰소리치던 녀석들이로구나. 그렇게 벌벌 떨면서 연못을 지킬 수 있겠느냐?"

범수가 벌떡 일어나면서 탐정처럼 소리쳤다.

"교장 선생님, 여기 왜 오셨어요? 혹시 물고기 잡아가는 범인이 교장 선생님 아닌가요?"

"어허! 이 녀석이 교장을 물고기 도둑으로 몰려고 하네. 나도 연못을 지키려고 나온 거다. 그런데 노래를 부르면 도둑이 나타날까?"

"저희는 도둑이 못 오도록 일부러 노래하고 있는 거예요."

효주가 큰 소리로 말했다.

"그것도 연못을 지키는 방법이긴 하구나. 하지만 하루 이틀은 몰라도, 그 방법으론 계속 지킬 수 없지. 다른 방법을 찾아야겠는걸?"

범수가 의심스러운 말투로 물었다.

"교장 선생님은 방법을 알고 있지요?"

"당연하지. 물고기가 날마다 사라지는데, 교장이 가만있으면 되겠느냐? 그래서 가로등을 설치한 거다. 침입자가 못 오게 하려고 말이다."

"우린 그런 것도 모르고, 교장 선생님께서 물고기에 관심 없다고 속상해했는데……."

아인이가 기어들어가는 목소리로 말했다.

"그런데 가로등이 소용없었단다. 지난밤에 또 비단잉어가 사라졌으니까."

연못단은 순간, 범인에 대한 추리로 머릿속이 바빴다. 하지만 쉽게 떠오르지 않았다.

"교장 선생님, 우리 함께 연못의 침입자를 잡아요."

범수 말에 연못단이 주먹을 불끈 쥐었다.

"나는 지금 연못에 침입자가 나타났다는 연락을 받고 급히 달려온 거다."

"연못 침입자요? 누구요?"

"너희가 침입자지. 밤에 허락도 없이 학교에 들어오면 침입자야. 학교에는 곳곳에 CCTV가 설치되어 있어. 지금 너희가 연못 근처에 나타난 것도 다 찍혔어."

연못단이 안절부절못하며 서로 얼굴을 쳐다보았다.

"그럼, CCTV에 침입자도 찍혔겠네요?"

아인이가 볼멘소리를 했다.

"진정해라. 침입자는 아주 귀한 놈이라 잡으면 안 된단다."

"그런 게 어디 있어요. 도둑은 잡아야 해요."

범수가 목소리를 높였다. 교장 선생님이 손을 저으며 연못단을 벤치에 앉도록 했다.

"침입자가 먹이를 구하려고 이곳으로 오는 모양이야. 가족이 함께 먹이를 구하러 다니던 길이 도로 공사로 막혀 버렸거든."

교장 선생님 말을 들어 보니, 아무래도 침입자는 나쁜 놈이 아닌 것 같았다.

"먹이를 구할 수 있다면, 안 온다는 말씀인가요?"

범수가 소리쳤다.

"그러면 당장 도와주자고요."

동민이도 질세라 소리를 높였다.

"어떻게 도울 건데?"

효주가 눈을 동그랗게 뜨고 물었다.

"교장 선생님께서 도로 공사로 먹이 구하러 가는 길이 막혔다고 하셨어. 그럴 땐 안전한 길을 만들어 주면 돼. 수업 시간에 생태 통로에 대해 배웠잖아."

아인이 말에 연못단이 무릎을 '탁!' 쳤다.

"내일 당장 도로 공사하는 사람들에게 생태 통로부터 만들라고 해야겠어요. 교장 선생님, 같이 가 주실 거죠?"

범수가 교장 선생님을 쳐다보며 말했다.

"그동안 굶주리며 떨었던 수달 가족이 연못단에게 고맙다고 인사

하겠구나."

"수달이었어요? 침입자가?"

연못단이 한목소리로 소리쳤다.

"허허, 수달이 멸종위기종이라 보호해야 하는 것도 알고 있지?"

"예, 교장 선생님!"

연못단이 일제히 대답했다.

"공사장은 위험해서 함부로 들어갈 수 없으니, 내일 담당자를 연못으로 부르자꾸나. 그때 연못단도 참석하면 어떠냐?"

"좋아요. 당장 공사 담당자를 만날 자료를 준비해야겠어요. 나누어서 준비하자."

범수가 연못단을 쳐다보았다.

"좋아. 수달이 멸종위기종이라 보호해야 한다는 자료를 준비할게."

"난 생태 통로에 관한 자료를 준비할게."

동민이와 아인이가 각각 나섰다.

"부모님께서 걱정하고 계시니, 어서 돌아가거라."

"몰래 나와서 모르실 거예요."

"다 알고 계신다!"

부모님이 알고 있다는 말에 연못단이 겁먹은 얼굴을 했다.

"걱정하지 마라. 학교를 사랑하는 마음으로 한 행농이니, 용서해 주실 거야. 물론 나도 용서하마. 하지만 다음에는 이러면 안 된다."

교장 선생님 말씀에 범수가 멋쩍은 얼굴로 말했다.

"이것으로 양골초등학교 연못단의 야영을 마칩니다. 모두 집으로!"

범수가 야영 해산을 외쳤다.

아이들이 떠나자, 어느새 곤충들의 노랫소리가 연못가를 채웠다.

2. 동전들의 감옥 탈출기

"회의를 시작하겠습니다. 안건은 '저금통 밖으로 나갈 방법 찾기'
입니다. 한번 들어오면 몇 달이고 몇 년이고 갇혀 지내는 이곳은
우리 동전들의 감옥입니다."

조용하던 코끼리 저금통 속이 시끄러워졌어요. 회의 진행은 저금
통으로 들어온 지 가장 오래된 500원짜리 오동이에요.

"찌백이가 의견 좀 내보시죠."

오동이가 지명하자, 찌백이가 몸을 비틀며 투덜댔어요.

"의견만 내면 뭐 해? 아무도 거들떠보지 않는데. 난 '그냥 여기 가
만히 있자'에 한 표!"

찌백이는 찌그러지고 구멍 난 100짜리 동전이에요. 걸핏하면 날

을 세우고 덤벼들어서 다른 동전들이 슬슬 피했어요. 물론 웃는 얼굴은 한 번도 본 적 없어요. 오동이가 힘주어 말했어요.

"야, 자리를 가장 많이 차지하는 100원짜리가 그러면 안 되지. 노력도 하지 않고 가만히 있겠다고?"

"자리 많이 차지하는 게 누군데? 시금 내 몸을 누르고 있는 깃도 너희 500원짜리거든."

찌백이가 목소리에 짜증을 잔뜩 실어서 말했어요.

들어온 지 일 년쯤 된 100원짜리 백이가 말했어요.

"얼른 나가서 다른 동전과 이야기를 나누고 싶어요. 무서운 곳에 갔다 온 모험담이나, 땅에 떨어졌다가 구조된 이야기 같은 걸 듣고 싶거든요. 그리고 무엇보다 동전의 역할을 하면서 살고 싶어요. 이곳은 정말 숨 막혀요. '하루빨리 이곳을 나가야 한다'에 한 표요!"

"동전만 생기면 저금통을 찾던 세나가 우리를 잊은 모양인데, 무슨 수로 나간단 말입니까? 어디 회의한다고 되겠어요?"

찌백이가 목소리를 높이자, 오동이는 헛기침을 두어 번 하고 나서 말했어요.

"찌백이가 저러는 데는 이유가 있어요. 밖에 있을 때 괴롭힘을 당해 몸을 다쳐서 나가기가 싫은 거라고요. 그렇다고 우리에게 나갈 필요 없다고 말하면 안 되지요. 우리는 나가서 각자 동전의 역할을 해야 해요. 이곳에 갇혀 있으면, 죽은 거나 마찬가지란 말입니다."

동전들의 관심이 찌백이에게 쏠렸어요.

"찌백이가 괴롭힘을 당해 저렇게 되었다고?"

"찌백이를 누가 그랬을까? 머리에 뿔 난 못된 놈일 거야. 아니면 동전이 얼마나 중요한지 모르는 개구쟁이가 틀림없어."

"그래서 저렇게 몸이 찌그러졌구나. 안됐다."

"찌백이 성격이 좀 까칠하던데, 어디서 못되게 굴다가 혼난 거 아니야?"

그때, 바닥에 깔려 있던 찌백이 친구가 벌떡 일어나서 한마디 했어요.

"저렇게 된 건, 찌백이 잘못이 아니야. 개구쟁이들이 돌멩이로 쳐서 그런 거라고. 우리 친구 여럿이 저렇게 되었어. 난 그날을 생각하면 온몸이 부르르 떨린다니까."

"다 지켜본 모양인데, 너는 어떻게 해서 괜찮은 거야?"

오동이가 부루퉁한 목소리로 물었어요.

"난 땅으로 굴러떨어져서 찌그러지는 수모를 피했어."

찌백이의 훌쩍이는 소리가 저금통 안을 가득 채웠어요. 다른 동전들은 할 말을 잃고 가만히 있었지요. 한참 후, 찌백이가 입을 열었어요.

"몸이 이렇게 되니, 아무도 나를 반기지 않았어. 거스름돈으로 날 주면 다들 싫어했어. 그럴 때마다 비참해지면서 마음이 쪼그라들었어. 이곳에 있으면 사람 손에 갈 일이 없잖아? 그래서 이곳이 편하고 좋아. 다시는 밖으로 나가고 싶지 않아."

오동이가 물었어요.

"그럼, 어떻게 해서 이곳으로 오게 되었어?"

"붕어빵 아저씨가 세나 아빠에게 거스름돈에 슬쩍 넣어서 준 거야. 세나 엄마가 나를 보자, 인상을 쓰면서 쓰레기통에 버리려고 했어. 그때 세나가 저금통에 넣는다며 챙겼어."

찌백이의 사연을 듣자, 동전들이 고개를 끄덕였어요.

"그러니 나에게 나가야 한다고 말하지 말라고!"

그때였어요.

"쨍그랑, 쨍그랑……."

저금통 속으로 동전이 쏟아져 들어왔어요. 오동이가 좋아하며 나섰어요.

"뭐야? 한꺼번에 막 들어오네. 일 년이 되어가도록 단 한 개도 안 들어오더니? 꽉 차야 나갈 수 있으니, 새 친구를 반겨주자."

오랜만에 새 동전들이 들어오자, 분위기가 화기애애해졌어요.

"새로 들어온 동전들, 인사해야지?"

찌백이가 훌쩍이던 모습을 감추며 목소리를 높였어요.

"전 100원짜리예요."

"전 500원짜리요."

동전들이 자기를 소개하자, 오동이가 거만스럽게 말했어요.

"그런 거 말고, 밖에 있을 때 겪은 이야기를 해. 심심한데, 우리를 좀 즐겁게 해 보란 말이야."

그러자 새 동전들이 움찔했어요. 가장 먼저 떨어진 100원짜리가 입을 열었어요.

"세나 책상 서랍에 몇 달 동안 갇혀 있다 오게 되었어요. 세나는 스마트폰과 노느라 우리한테는 관심도 없었어요."

"나는 이곳저곳 다녔어요. 거스름돈이 되었다가, 학교 앞 분식집에도 갔어요. 여기 오기 전 서너 달은, 세나네 거실 소파 밑에서 먼지와 있었어요. 생각만 해도 재채기가 난다니까요."

100원짜리들이 말하자, 찌백이가 물었어요.

"저금통에 누가 넣어주었는데?"

"세나 엄마가 대청소하면서 굴러다니는 우리를 한곳에 모아두었는데, 학교에서 돌아온 세나가 보고 저금통에 넣은 거예요."

이야기를 듣고 있던 오동이가 소리쳤어요.

"방법을 찾았어! 우리가 이곳에서 나갈 방법!"

"빨리 말해 봐."

동전들의 시선이 오동이에게 쏠렸어요.

"흥, 또 무슨 헛소리 하려고?"

찌백이가 시비 걸고 나섰지만, 오동이는 들은 척하지 않았어요.

"우리를 저금통에 넣은 사람은 세나잖아? '매듭은 묶은 사람이 풀어야 한다'는 말이 있어. 내 말은, 우리를 넣은 사람이 꺼내 주어야 한다는 거지."

"그럼, 이제 우리 나갈 수 있는 거야?"

"난 나가면 슈퍼 같은 곳으로 가고 싶어. 전에 거기 있어 봤는데 심심하지 않아서 좋았어. 돈 서랍을 열 때마다 주변을 구경하는 것도 재미있었어."

"난 붕어빵 포장마차로 갔으면 좋겠어. 작은 손으로 건네주고 붕어빵를 받아 갈 때, 괜히 으쓱해지더라고."

동전들이 들떠서 한마디씩 했어요. 그때 세나 책상 서랍 속에서 몇 달 보냈다는 100원짜리가 말했어요.

"나가고 싶은 우리 마음을 세나에게 전할 수 있어요."

"어떻게?"

동전들이 눈을 동그랗게 떴어요.

"세나의 꿈속으로 요정을 보내 봐요. 시장님이 숲을 없애려고 하자, 요정이 꿈속으로 찾아가서 마음을 바꾸어 놓았대요. 세나가

읽던 동화책에서 보았어요."

그러자 오동이가 찬성하며 나섰어요.

"그래! 꺼내 주길 무작정 기다리지 말고, 요정에게 부탁하자."

그러자 100원짜리가 다시 말했어요.

"요정은 한마음으로 부르면 온다고 했어요."

"그런데, 나가고 싶어 하지 않는 찌백이는 어쩌지?"

동전들이 찌백이 눈치를 살폈어요.

"나가고 싶으면 너희나 나가라고!"

찌백이가 소리 질렀어요.

"어떻게 널 두고 우리만 나가겠어?"

오동이가 맞받아서 소리 질렀어요.

"난 이곳이 편하다고 했잖아. 이제 그만해!"

찌백이 마음은 바뀔 것 같지 않았어요.

"물론 네 마음 알아. 하지만 우리 마음도 알아주면 좋겠어. 우리가
얼마나 이곳을 나가고 싶어 하는지, 너도 알잖아?"

오동이가 목소리를 부드럽게 바꾸어서 찌백이를 설득했어요.

"난 구석에 가만히 있을 거야. 그러니 너희 마음대로 해."

찌백이가 볼멘소리로 말했어요.

밤이 되었어요.

"요정님, 요정님. 어디 계세요?"

동전들이 한마음으로 요정을 불렀어요.

자정이 되자, 저금통 안으로 한·줄기 바람이 들어왔어요. 동전들
이 옴찔했어요. 그때 요정이 응답했어요. 뒤이이 메아리 소리가 울
려 퍼졌고요.

"무슨 일로 불렀나요?"

"저금통에서 나가고 싶어요. 세나에게 우리 마음을 전해주세요."

요정이 대답했어요.

"여러분의 마음을 세나에게 전할게요."

요정의 노랫소리가 가까이서 들리다가 다시 멀어지기를 반복했어요.

우리는 우리는 동전

저금통 속에 갇힌 동전

궁금해 궁금해 바깥세상이

우리는 우리는 동전

저금통 감옥에 갇힌 동전

밖으로 나가고 싶어

밖으로 나가게 해 줘

다음 날 아침, 밖은 너무나 조용했어요.

"우리 마음이 전해졌을까?"

동전들이 바깥으로 귀를 기울이며 속삭였어요. 잠시 후, 세나 가족이 아침 식사하는 소리가 들렸어요.

"참! 엄마, 아빠. 저, 물 부족 나라에 맑은 물 보내주기 운동에 동참하기로 했어요."

"그래? 우리 세나 장하구나."

"저금통을 열어서 그동안 모은 동전을 보내려고요. 괜찮죠?"

"이웃돕기 하려고 모은 거잖아? 그리고 동전을 저금통 속에 오래 두면 나라에서 새로 만들어야 하거든."

엄마와 아빠가 적극 지지했어요.

밥을 다 먹고 나서, 세나가 저금통을 들고 엄마와 아빠에게 갔어요.

"저금통에 동전이 꽉 차서 무거워요. 동전들도 좋은 일 하는 데 보내니, 기뻐하겠죠?"

동전들은 너무 좋아서 몸을 힘껏 흔들며 세나의 뜻을 반겼어요.

"드디어 밖으로 나가게 되었어. 감옥에서 나가게 되었다고!"

그때 찌백이가 나지막하게 말을 꺼냈어요.

"좋은 일 하는 데 쓴다니, 나도 용기 내 보고 싶어. 괜찮을까?"

"찌백아, 잘 생각했어. 함께 가자!"

오동이가 힘주어 찌백이에게 말했어요. 다른 동전들도 찌백이를 응원했어요.

찌백이는 가슴이 설레었어요. 밖으로 나갈 생각을 한다니, 찌백이 스스로도 꿈만 같았어요.

3. 산불 범인을 잡아라!

교실 뒷문이 스르르 열리더니, 민서가 들어왔다. 1교시가 시작되고 한참 지난 시간이었다.

"선생님, 민서 왔어요."

재민이가 칠판에 글씨를 쓰고 있는 선생님께 알렸다.

"민서 왔구나. 어서 자리에 앉으렴."

선생님은 민서에게 얼른 다가와서 안타까운 얼굴로 등을 토닥였다.

"민서가 어제 새벽에 난 산불로 어려움을 겪은 거 알고 있죠? 모두 민서가 힘을 내도록 위로해요."

아이들은 어떻게 위로해야 할지 몰라 선뜻 말을 꺼내지 못했다.

잠시 후, 쉬는 시간을 알리는 음악 소리가 들렸다. 아이들이 웅성거리며 민서 곁으로 몰려들었다.

"신발도 못 신고 도망쳐 나왔다며?"

"불탄 집에 가 봤니?"

"교과서도 가방도 모두 불탔다면서? 나라에서 사준다고 했지?"

툭하면 나라에서 해 줘야 한다고 주장하는 재민이가 큰 소리로 말했다.

"범인이 물어내야지, 나라가 산불을 냈냐? 넌 툭하면 나라가 해야 한다고 하더라."

지은이가 재민이 말을 받아쳤다.

"아직 산불 낸 범인을 못 찾은 모양이더라. 빨리 찾아서 다 물어내라고 해야 해."

윤아가 지은이를 거들고 나섰다.

"너희 뭘 모르는 모양인데, 이런 걸 '재난'이라고 해. 재난은 국가가 나서서 해결하는 거라니까. 특별재난지역 선포, 이런 말 들어 봤지? 경포 지역도 특별재난지역으로 선포될걸?"

재민이는 아는 것도 많다. 일만 생기면 나서서 어려운 말을 써가며 주장한다.

그때, 민서가 벌떡 일어나더니 소리쳤다.

"내 자리에서 떨어져 줘. 나, 지금 피곤해. 머리 아프다고!"

민서가 화를 내자, 아이들이 민망해서 슬금슬금 자리를 피했다.

2교시가 시작되었다. 선생님이 3학년 수학 익힘책에서 나눗셈 문제를 풀도록 했다. 교과서가 없는 민서에게는 선생님이 책을 복사해서 주었다. 모두 열심히 풀고 있는데, 민서가 책상에 엎드렸다.

"민서야, 어디 아프니?"

선생님이 걱정스럽게 물었다.

"어젯밤에 소란스러워서 잠을 못 잤어요."

민서가 힘없이 말했다.

산불로 피해를 본 사람들이 임시로 체육관에서 지내고 있었다. 하루아침에 삶의 터전을 잃었으니, 뜬눈으로 밤을 보내는 사람이 많을 것이었다.

"안색이 안 좋아. 보건실에 가서 좀 누워 있어."

선생님이 보건 선생님께 전화를 걸더니, 어서 가라고 민서에게 손짓했다.

민서가 교실에서 나가자, 반 분위기가 가라앉았다. 선생님도 기운이 없는지 가만히 창밖을 보았다.

"선생님, 이번 산불 범인을 찾을 수 있을까요? 우리 아빠는 아직 모른다고 했어요."

"맞아요. 산불 범인을 먼저 잡아야 하잖아요?"

지은이가 말하자, 재민이가 궁금함을 못 이겨서 질문했다.

"이번 산불의 원인이 무엇인지 선생님도 궁금해요."

그때 재민이가 벌떡 일어났다.

"우리가 탐정이 되어 산불 범인을 잡아요."

"아니지, 수사관이 되는 거지."

"난 산불 취재 기자가 될래."

아이들 눈이 갑자기 반짝이기 시작했다. 저마다 한마디씩 해서 교실이 소란스러워졌다.

그때 쉬는 시간을 알리는 종이 울렸다. 아이들은 민서의 아픔을 생각하기보다, 산불 범인 잡기에 더 열을 올렸다.

교무실에 다녀온 선생님이 그린 아이들을 가만히 시켜보다가 텔레비전을 틀었다. 뉴스에 산불 장면이 나오고 있었다. 불덩어리가 강풍 따라 이리저리 날아다니며 소나무 숲을 삼키고 있었다. 타닥타닥 소리와 함께 불길이 화면 가득 솟구쳤다.

뒤이어 불타는 집들의 모습이 화면에 나타났다. 펜션도 상가도 펑펑 터지는 폭발음과 함께 속수무책으로 타올랐다.

잠시 후 진화된 모습이 나타났는데, 산도 마을도 너무 흉측했다. 마치 유령의 마을처럼 보였다.

채린이와 예서가 무섭다면서 훌쩍이기 시작했다. 당황한 선생님이 텔레비전을 끄더니, 아이들을 둘러보며 말했다.

"어제 새벽, 우리 지역에서 일어난 일이에요. 화면으로 봐도 무섭죠? 산불을 직접 겪은 민서는 얼마나 놀라고 무서웠겠어요. 여러분이 친구의 아픈 마음을 헤아렸으면 좋겠어요."

반 아이들은 민서가 앉았던 빈자리를 바라보았다.

"선생님, 제가 보기에 이번 산불은 강풍이 문제인 거 같아요. 강풍이 안 불었으면 산불이 안 났을 거예요."

"맞아요. 산불 나던 날 밤에 아파트 창문이 덜컹거려서 무서웠어요. 바람이 정말 세게 불었다니까요."

지은이가 말하자, 한 무 아이가 강풍이 문제라고 말했다.

"저는 불에 잘 타는 소나무가 문제였다고 생각해요. 소나무 숲이어서 불길을 잡을 수 없었다고 했어요."

재민이가 이렇게 말하자, 다른 아이가 대꾸했다.

"소나무는 우리 강릉의 자랑인데, 산불의 범인일 수 있다고? 말도 안 돼!"

그러자 누군가 불만 섞인 투로 중얼거렸다.

"우리 아빠도 어제 뉴스를 보면서 소나무 대신 다른 나무를 심어야 한다고 하더라고."

반 아이들이 또다시 웅성거리기 시작했다.

"강풍도 소나무도 문제지만, 전선이 문제였어. 소나무가 부러지면서 전선을 건드렸다고. 그 순간 불꽃이 튀면서 불이 붙은 거니까, 원인을 전선으로 봐야 해."

소나무가 문제라고 하던 재민이가 갑자기 전선 때문이라고 말을 바꾸었다.

"그러네, 전선이 범인이었네."

"전선만 없었다면……. 안 그래?"

"전선을 모두 없애야 하는 거야?"

"그러면 우리가 전기를 어떻게 써?"

반 아이들의 목소리가 한층 커졌다. 선생님의 얼굴빛이 어두워졌다.

"여러분, 산불의 원인을 찾고 싶은 마음 이해해요. 그러나 선생님은 민서의 아픔을 위로하자고 산불 장면을 보여준 거예요."

그때 교실 문이 열리면서 민서가 들어왔다.

"좀 더 누워 있지? 한 시간밖에 안 됐는데."

선생님이 안쓰러운 얼굴로 민서를 바라보았다.

"커다란 불덩이가 쫓아오는 꿈을 꿨거든요. 무서워서 더 누워 있을 수가 없었어요."

민서가 고개를 숙인 채 자리로 가서 앉았다.

"민서야, 너는 이번 산불 원인이 무엇이라고 생각해?"

선생님이 그렇게 말했는데도, 재민이가 민서를 보며 질문했다. 민서는 재민이를 한번 쳐다보고는 아무 말도 하지 않았다.

"이번 산불에서 큰 피해 본 너의 생각을 듣고 싶어. 산불이 뭣 때문에 그렇게 크게 났다고 생각해?"

재민이가 다시 말하자, 민서가 벌떡 일어났다.

"산불 원인 찾아서 뭐 할 건데?"

아이들이 민서의 날카로운 말에 움찔했다.

"우린 산불의 범인이 궁금해서······."

재민이가 말끝을 흐렸다.

"범인을 잡으면 산불 나기 전으로 돌려준대? 왜 궁금한데?"

"야, 우린 지금 산불 원인이······. 그런데 왜 화를 내나?"

재민이가 억울하다는 표정을 지었다. 민서가 아이들을 둘러보더니, 어깨를 들썩이며 소리치듯 말했다.

"우리 아빠가 출장 가서 사 온 운동화, 생일 선물로 엄마에게 받은 옷, 할머니가 만들어 준 이불과 인형이 다 타 버렸어. 산불이 무슨 이야깃거리냐고?"

아이들은 고개를 숙이며 민서를 힐끔힐끔 보았다. 민서가 다시 말했다.

"우리 가족은 당장 살 곳이 없어. 우리 엄마가 보물이라던 내 육아 일기도 앨범도 다 타 버렸다고. 핸드폰도 검은 덩어리가 되어 버렸어. 그뿐만이 아니야. 우리, 우리, 으어엉……."

선생님이 놀라며 민서 곁으로 뛰어갔다. 어깨를 감싸 주자, 민서
가 선생님 품에 안겼다.

"선생님, 닭도 누렁이도 다 죽었어요. 제가 닭장 문을 열어 주고
도망쳤다면, 살 수 있었을 거예요. 누렁이 목줄을 풀어 줬어야 했
는데, 나만 도망쳤어요. 흑흑, 어떡해요? 엉엉."

민서를 안고 있는 선생님 얼굴에도 눈물이 흘러내렸다. 아이들도
훌쩍이며 울기 시작했다.

"민서야, 힘들었지?"

"민서야, 미안해. 흑흑."

아이들이 여기저기서 민서에게 사과했다. 선생님이 민서의 등을 토닥이며 말했다.

"민서야, 친구들이 모두 널 걱정하고 위로하고 싶어 해. 그런데 너무 갑작스러운 상황이라 어떻게 해야 할지 잘 몰랐던 거야."

한참 울음을 토해내던 민서가 선생님 품에서 벗어났다. 그때 옆자리에 앉은 지은이가 민서를 꼭 안았다. 그러자 반 아이들이 모두 달려와서 민서의 손을 잡고, 어깨에 손을 얹기도 했다. 민서가 눈물을 닦으며 친구들을 향해 미소 지었다.

4. 딱새야, 미안해!

"아얏!"

아침에 세탁소 쪽에서 비명이 들렸어요. 학교에 가던 민수는 스프링처럼 튀어서 그곳으로 달려갔어요.

"아이고, 오늘은 세탁소 아줌마가 당했네. 가게 문 여는 사람을 쪼아댈 게 뭐람."

부동산 아저씨가 혀를 차며 고개를 내저었어요. 편의점에서 비명을 듣고 달려 나온 사람이 어리둥절한 얼굴을 했어요.

"새가 며칠째 저러네요. 도대체 무슨 일인지 영문을 모르겠다니까."

궁금해하는 사람 들이라고 편의점 주인이 큰 소리로 말했어요. 민수는 두리번거리며 새를 찾았지만, 흔적도 보이지 않았어요.

'분명 이 근처 어디에서 날아왔을 거야. 찾고 말겠어!'

민수는 탐정이라도 된 듯 두 눈을 반짝이며 두리번거렸어요. 상가 간판들을 쭉 둘러보며 위층에서 아래층까지 하나하나 살폈어요. 학교 갈 생각은 까맣게 잊고 말이에요. 그때였어요.

'어, 뭐지?'

순간 작은 빛과 민수의 눈이 부딪혔어요. 깜짝 놀라 눈을 비비고 다시 살폈으나, 아무것도 보이지 않았어요. 궁금증과 호기심이 발동해서 빛이 보이던 2층 상가로 올라가 확인해야겠다고 생각했어요. 상가 계단으로 발걸음을 떼는 순간이었어요.

"얘, 넌 학교 안 가니? 9시가 넘었는데…….."

민수가 사람들의 눈길에 놀라 학교로 달음질쳤어요.

"개구쟁이 남자아이를 주로 공격한대."

"파마머리를 공격한다던데?"

느닷없이 나타나 사람을 쪼고 달아나는 새 이야기가 새처럼 날아서 학교 교실에까지 퍼져 있었어요. 민수는 학교 수업이 끝나자마자 같은 반 동배, 지홍이와 함께 새를 찾아보기로 했어요. 아이들은 아파트 상가로 가서 주위를 서성대며 살폈어요.

"민수야, 새가 안 나타나려나 보다. 난 그냥 학원 갈래."

동배가 영어 학원 차가 오자, 타고 가 버렸어요.

"어제 학원 지각해서 엄마한테 혼났어. 나도 가야겠어."

지홍이도 가 버렸어요. 혼자 남은 민수는 발길이 떨어지지 않았어요. 그때, 세탁소 아주머니가 밖으로 나와 울상을 지었어요.

"이러다 손님 다 끊기겠어요."

"우리도 그래요. 새가 무섭다면서 큰길 건너 부동산으로 손님들이 가 버린다니까요."

부동산 아저씨도 목소리에 힘이 없었어요. 민수는 두 주먹을 불끈 쥐었어요.

'도대체 어찌 된 일인지 알아내야겠어. 분명 이 건물 어딘가에 숨어 있을 거야. 반드시 찾아내고 말 거야.'

민수는 상가 위층으로 올라가 살피다가 내려왔어요. 2시간이나 상가 주위를 서성였지만, 아무 단서도 찾지 못했어요.

그때 영어 학원에 갔던 동배가 학원 차에서 내리고, 뒤이어 지홍이도 왔어요.

"아직도 여기 있는 거야?"

지홍이가 못 말리겠다는 듯이 말했어요.

"참, 학원에서 사람 쪼는 새 이야기를 했더니 '별별 세상'에 제보하라더라."

동배가 호기심 가득한 눈빛으로 말했어요.

"민수야, 동배 말대로 해 볼까? 전문가가 나와서 이유를 밝혀줄지 모르잖아."

지홍이가 '별별 세상'에 관심을 보였어요. 민수는 손님이 다 끊기겠다고 걱정하던 세탁소 아주머니와 부동산 아저씨를 생각하니, 용기가 생겼어요.

민수가 전화를 걸어 말하자, 옆에 있던 동배가 큰소리로 거들었어요. 수화기 너머에서 부드러운 목소리의 누나가 말했어요.

"얘들아, 너희가 사는 아파트 주소를 말해 줄래?"

아이들이 아파트 주소를 말하자, 전화가 끊어졌어요.

"어? 좀 조용히 해. 전화가 끊겼잖아. 옆에서 시끄러우니까 끊은 것 같아."

"난 알려주려고 그랬는데, 접수되었겠지?"

민수는 동배 말이 긴가민가했어요.

다음 날, 민수는 학교 수업을 마치자 곧장 상가로 달려갔어요. 그런데 상가 앞에 사람이 많이 모여 있었어요. 민수는 사람들을 비집고 들어갔어요. 카메라를 멘 아저씨가 보이고, 그 옆에서 몇몇 사람이 분주하게 움직였어요. '별별 세상'에서 나온 거였어요.

'이렇게 빨리?'

민수는 깜짝 놀랐어요.

"○○방송국에서 제보받고 나왔는데요. 빨리 취재해야 할 것 같아 서둘렀습니다. 그리고 새가 왜 지나는 사람들을 쪼는지 이유를 밝히기 위해 유명한 새 박사님을 모셨습니다."

"아이고, 잘 나오셨습니다. 새가 순식간에 나타나 공격하니 놀랄 수밖에요. 저도 공격을 받았는데 얼마나 놀랐는지…….."

세탁소 아주머니가 흥분한 얼굴로 말했어요.

"자, 그러면 모두 상가 안으로 들어가시고, 한 분만 밖에서 걸어가 볼까요?"

모여 있던 사람이 서로 얼굴을 보았어요. 그때 민수가 소리쳤어요.

"제가 할게요. 저는 새가 공격해도 무섭지 않아요."

"넌 어리니까, 부모님 허락을 받아야 해."

"허락 안 받아도 돼요. 며칠 전 우리 엄마도 여기서 새한테 쪼였어요.

깜짝 놀라서 그렇지, 아프지는 않대요. 엄마한테 전화해 보세요."

민수는 방송국 아저씨가 전화를 걸기도 전에 상가 앞을 걸어갔어요.

"딱딱 딱딱 딱딱딱!"

어디서 나타났는지, 새가 순식간에 민수의 머리를 공격하기 시작했어요.

"이거 금방 멋진 장면을 건지게 되었는데요."

카메라를 멘 아저씨가 흡족해했어요.

"이제 방송까지 타게 생겼으니 밝혀지겠지요?"

사람들이 기자와 카메라맨에게 말하는 사이, 학원 차에서 내린 동배와 지홍이가 헐레벌떡 달려왔어요.

"뭐야, 나한테 전화하지. 못 봤잖아!"

"뭐래? 밝혀졌어?"

동배와 지홍이가 번갈아 물었어요.

어느새 사흘이 흘러갔어요.

"○○아파트 주민 여러분. 잠시 후, '별별 세상'에서 사람을 쪼는 새의 이야기가 나온다고 합니다. 왜 새가 사람을 공격했는지 알게

될 것 같습니다. 놓치지 마시고 꼭 시청하시기를 바랍니다."

민수는 하던 숙제를 미루고, 엄마는 설거지하다 말고 텔레비전 앞에 앉았어요.

"엄마도 새가 왜 머리를 쪼는지 궁금하죠?"

"낭연하지. 우리 아들이 그동안 얼마나 애썼는데."

그때 아빠도 퇴근해서 들어왔어요.

"무슨 일이야? 들어오는데, 아파트가 조용하네."

"쉿, 지금 새 이야기 방송이 시작돼요."

"그래? 드디어 궁금증이 오늘 해결되는 거야? 새가 우리 민수를 공격하는 것도 나오겠네."

민수가 검지를 입에 대고 조용히 하라고 아빠한테 신호를 보냈어요.

방송이 시작되었어요. 새가 민수의 머리를 공격하는 장면이 나오더니, 이어서 새 박사가 말했어요.

"공격한 새는 딱새인데, 원래는 공격하지 않습니다. 그러니 공격한 데는 이유가 있겠지요. 오늘 저와 함께 딱새의 비밀을 밝혀보도록 하겠습니다."

새 박사가 건물 안으로 들어가더니, 위층으로 올라갔어요.

"요즘 딱새가 산란한 때이니, 건물 어딘가에 분명 둥지가 있을 것입니다. 딱새는 산에서 살지만, 알을 낳아 부화할 때는 민가 근처나 폐가에 둥지를 틀기도 합니다. 텃새로 사람과 친숙한 새이지요."

건물 옥상을 이리저리 보여주는데, 새집은 보이지 않았어요.

"보다시피 옥상에는 새가 둥지를 튼 흔적이 없습니다. 이제 건물 2층에 있는 가게 안으로 들어가서 살펴봐야겠습니다."

2층에 있는 학원, 미용실, 식당의 모습이 화면에 나왔어요. 식당에 갔을 때, 둘러보던 새 박사가 갑자기 말했어요.

"식당 환풍구 옆에 새가 알을 품고 있어요!"

새 박사가 새가 놀라면 안 된다고 주의를 주면서 사람들을 물러나게 했어요.

관찰 카메라를 설치하는 장면이 잠깐 나오더니, 알을 품고 있는 새가 보였어요. 사람을 공격해서 몸집이 클 줄 알았는데, 그렇지 않았어요.

"딱새가 알을 품은 지 여러 날 되는 모양입니다. 둥지 상태를 보니, 얼마 후면 알이 부화하겠군요. 새끼가 날 수 있게 되면 산으로 돌아갈 테니, 얼마 후면 떠날 겁니다."

"아빠, 가슴이 조마조마해요. 새가 눈치채면 어떡해요?"

"특수 카메라여서 새는 몰라. 걱정하지 마라."

딱새는 두 마리였는데, 한 마리는 알을 품고 있고 다른 한 마리는 밖을 내다보며 둥지를 지키고 있었어요. 그때 몇 사람이 상가 앞으로 걸어갔어요. 새들이 안절부절못하는 것 같았어요. 둥지를 지키던 새가 갑자기 휙 날아가서 지나가는 사람 머리를 순식간에 쪼더니 제 집으로 날아올랐어요.

"자식 사랑이 유난스럽군요. 혹시 알을 도둑맞을까 봐, 그 밑으로 사람이 못 다니게 하려는 것입니다."

새 박사가 말하자, 식당 주인아저씨가 질문했어요.

"우린 딱새가 둥지 튼 것도 몰랐는데, 왜 저렇게 사람을 경계하는 것일까요?"

말이 채 끝나기도 전에, 목발을 짚은 할아버지가 사람들을 헤치고 나와 마이크를 잡았어요.

민수네 가족은 깜짝 놀랐어요.

"어? 옆 동 버럭 할아버지네!"

"그러게? 쉿, 조용히 해 봐."

텔레비전에서 버럭 할아버지의 이야기가 이어졌어요.

"작년 이맘때, 다리를 다쳐서 침대에 누워 지내게 되었어요. 내 방이 1층 화단 쪽인데, 딱새가 어찌나 시끄럽게 울어대는지 잠을 잘

수가 없었어요. 꼭두새벽부터 저녁까지 딱딱거려서 견디기 힘들더라고요."

"그래서 어떻게 하셨는데요?"

"장대를 구해다가 새 둥지를 부수어서 떨어뜨려 버렸어요. 떨어진 둥지에 깨진 알이 보였어요. 그때 아차 했어요. 며칠 더 참을 걸 뒤늦게 후회했지요."

"아! 그래서 딱새는 어떻게 되었어요?"

진행자 목소리가 떨렸어요.

"그 이후 어디로 거처를 옮겼는지, 다시는 나타나지 않았다오."

모여 있던 사람들의 표정이 어두워졌어요. 그러자 새 박사가 말했어요.

"딱새가 사람을 공격하는 것을 보고, 필시 사연이 있다는 것은 알아챘습니다. 이제 할아버지의 말씀을 들으니, 명확해졌습니다."

카메라가 새 둥지와 상가 1층 앞을 천천히 보여주었어요. 새 박사의 말이 이어졌어요.

"지난해 알을 잃은 딱새 부부가 올해는 기필코 부화시켜야겠다고 다짐한 모양입니다. 다시는 사람들에게 알을 빼앗기고 싶지 않았던 거지요."

다음 날이었어요. 상가 앞에 예쁜 현수막이 걸렸어요.

'딱새야, 미안해. 무사히 새끼를 부화시키길 바란다!'

그리고 그 밑에는 할아버지가 손수 만들었는지, 삐뚜름한 글씨로 '딱새야, 미안하다. 용서해다오'라고 쓴 팻말도 놓였어요.

학교에서 돌아오던 민수가 딱새 있는 곳을 향하여 손을 흔들었어요. 뒤따라온 동배와 지홍이도 함께 손을 흔들었어요.

"딱새야, 보고 있지? 우리 모두의 마음이야. 받아 줘."

모두의 마음을 아는지, 딱새가 더 이상 사람을 쪼는 일이 없었어요.

5. 선개야, 힘내!

어디로 튈지 모르는 예준이가 놀이공원에서 사라졌다.

"예준이가 사라졌어요!"

선생님이 오자, 그늘 쉼터에 모여 있던 4학년 하늘반 아이들이 알리기에 바빴다.

현장학습으로 놀이공원에 도착하였을 때, 담임 선생님이 놀이기구 이용권을 나누어 주었다. 7회 이용권인데 놀이기구 탈 때 사인을 받게 되어 있었다. 아직 3회 더 이용할 수 있는데 잃어버렸다고 예준이가 울상 짓자, 선생

님이 새로 발급받으러 매표소에 간 사이 사라진 거다.

희수는 가슴이 철렁했다. 예준이를 두고 화장실에 볼일 보러 간 것이 문제였다. 반장 민지가 나섰다.

"예준이 회전목마 타는 곳에 있을지 몰라요. 지금 예준이가 좋아 하는 '새들아' 노래가 나오고 있어요."

이번에는 희수가 나섰다.

"선생님, 저는 새장 있는 데 가 보겠습니다."

새장 이야기를 꺼내자, 정욱이도 나섰다.

"맞아요. 예준이는 새만 보면 달려가요. 입구 쪽에 새장이 여러 개 있었어요."

"그러면 회전목마 쪽은 민지와 내가 찾아볼 테니, 희수와 정욱이 는 새장 있는 곳에 가 보렴. 그리고 너희는 절대로 멀리 가면 안 된다. 알았지?"

선생님이 남아 있는 반 아이들에게 신신당부했다. 희수가 핸드폰 을 꺼내 시간을 확인했다.

"빨리 가자. 그사이, 다른 곳으로 가 버리면 곤란하잖아."

"예준이 진짜 이상해. 머릿속에서 뭐가 번쩍 떠오르면 바로 행동 한다니까. 희수 넌, 그런 예준이를 왜 만날 짝하면서 챙겨 주는데? 예준이가 너 믿고 더 심하게 구는 것 같던데?”

정욱이가 그동안 궁금했던 것을 털어놓았다.

“예준이가 우리 옆집에 사는데, 엄마들끼리 초등학교 때 절친이었대. 예준이 엄마가 나만 보면 챙겨 달라고 부탁하시거든.”

희수가 빠른 걸음으로 앞장서자, 정욱이도 바싹 뒤따랐다.

“저기 빨간 모자다, 예준이!”

희수가 소리치며 달려갔다.

“어, 저긴 매표소잖아?”

“벌써 새 구경하고 왔나?”

예준이는 매표소에서 표를 사는 사람을 세고 있었다.

“정예준, 너 여기서 뭐 해? 우린 지금 너 찾으러 다니는 거라고!”

정욱이가 짜증 내며 예준이를 다그쳤다.

“어? 아까 선생님이 매표소 앞에 줄 서 있었는데, 나개랑 이야기하는 사이에 사라졌어.”

“선생님은 표 받아서 벌써 오셨어. 얼른 가자.”

희수가 예준이 손을 잡아끌었다. 예준이가 혼자 중얼거렸다.

“큰일 났어. 나개가 힘이 너무 세졌단 말이야. 선개는 꼼짝 못 하고 있어.”

"도대체 뭐라는 거야?"

혼자 떠드는 예준이를 정욱이가 한심한 표정으로 쳐다보았다.

희수와 정욱이가 돌아왔을 때, 회전목마 쪽으로 갔던 선생님과 민지도 오고 있었다.

"예준아, 혼자 다니면 안 되는 거야. 알았지?"

선생님은 예준이 눈을 쳐다보며 말했다.

"네, 선생님. 나쁜 개를 혼내줄게요. 나쁜 개가 착한 개를 이겨서 그런 거예요."

예준이가 혼자 중얼거리듯 대답했다. 반 아이들이 곱지 않은 시선으로 예준이를 흘겨보았다.

"선생님, 다시 놀이기구 타러 가요. 빨리요."

"타고 싶은 놀이기구 못 탄 거 있단 말이에요."

삼삼오오 앉아 있던 아이들이 일어나면서 한마디씩 했다.

"얘들아, 버스 타러 가야겠다. 놀이기구는 그만 타야겠어. 집으로 출발할 시간이구나."

"에이, 선생님. 놀이기구 몇 개 더 탈 수 있는데, 못 탔어요."

아쉬움과 불만 섞인 말들이 나왔다.

"예준이와 같이 안 오면 좋겠어."

"제멋대로인 것은 소문으로 알았지만, 오늘 보니 너무 심하다. 그치?"

버스에 오르면서 아이들이 투덜댔다.

"전에 다니던 학교에서 이상한 짓을 해서 전학 왔다잖아."

"어떤 짓?"

"자꾸 혼자 중얼거리면서 선생님 말씀 안 듣고 제멋대로 굴었대. 아까도 봤지? 나쁜 개니 착한 개니 하면서 혼자 중얼거리는 거."

"누구니? 못난 소리 하는 사람!"

선생님이 불평하는 아이들을 향해 눈을 동그랗게 떴다.

버스에서도 희수는 예준이랑 앉았다. 머리를 등받이 위로 빼고 버스 안을 살피는 예준이를 바라보며 희수는 생각했다.

'예준이 엄마가 놀이공원에 보내지 않겠다는 걸 내가 같이 가고 싶다고 했으니까, 끝까지 함께해야 해.'

희수가 주머니에서 사탕을 꺼내 예준이에게 건넸다. 예준이는 엉덩이를 반쯤 의자에 걸치고 두리번거렸다. 사탕에는 관심이 없었다. 희수가 예준이 팔을 당기며 말을 걸었다.

"예준아, 나쁜 개 이야기해 줘. 예준이 마음속에 있다는 나쁜 개가 어떻게 생겼는지 궁금해."

"음, 근데 내가 이야기하는 거 나개가 싫어해. 선개는 좋아하겠지만."

"참, 선개도 있었지?"

"나개와 선개 두 마리야. 둘이 만날 싸워."

"싸운다고? 누가 이기는데?"

"에이, 나개가 이기지. 오늘도 나개가 선생님 표 사러 간 곳에 가 보자고 해서 간 거야. 너 화장실 간 사이에 말이야. 선개는 안 된다고 했는데."

무심하게 내뱉은 예준이 말을 희수는 곰곰이 생각해 보았다. 예준이 행동이 나개 때문이라는 게 어렴풋이 이해되었다.

친구들은 자리에 앉자, 금방 잠들었다. 희수도 등받이에 몸을 기대고 눈을 감았다. 예준이가 잠이든 친구들을 구경하느라 의자에서 일어섰다. 그러다 희수의 팔을 툭 건드렸다. 희수는 눈을 뜨고 얼른 예준이 엉덩이를 돌려서 의자에 주저앉혔다.

"여긴 버스 안이고, 친구들이 다 자잖아. 너도 자는 게 어때?"

희수가 주머니에서 사탕을 꺼내 예준이에게 내밀었다.

"이런 거 필요 없대. 다른 거 달래. 다른 거."

희수는 은근히 짜증이 났지만, 가방에서 과자 한 봉지를 꺼내 예준이에게 주고 잠을 청했다.

　-밟아 봐. 낙엽 밟는 소리가 난다. 바스락바스락

　-어서 던져, 던지라고. 바스락바스락

　-놀아야지. 과자를 얼굴 위로 던지면서 받아먹어 봐. 버스가 움직이니까 더 재미있어. 어서
해 봐.

　-어휴, 그러다가 전에 학교에서처럼 부모님을 학교로 부를 거야. 얌전히 좀 있어.

　-선개, 넌 구석에 얌전히 있으라고 했지!

　예준이는 혼자 중얼거리며 신나게 과자를 던지며 놀았다. 두어 개
만 예준이 입으로 들어가고 나머지는 바닥에 떨어졌다.

　-밟아 봐. 일어나서 땅에 떨어진 과자를 밟으란 말이야. 어서! 어서!

　예준이가 자리에서 일어났다. 떨어뜨린
과자를 발로 콕콕 밟았다. 바스락
거리는 소리가 나자, 더 신나게
밟았다.

　-통로에도 떨어져 있잖아. 그것도
밟아야지. 어서어서.

　예준이가 버스 통로를
살금살금 기어다니며 과자

가 보이면 무릎으로 깨뜨렸다.

－그래그래, 잘한다. 바스락바스락.

버스가 휴게소에서 멈춰 섰다. 잠들었던 아이들이 일어났다. 몇몇
은 더 자고 싶은지 눈을 감고 그대로 있었다.

화장실에서 나온 예준이가 휴게소에 주차된 자동차에 관심을 보
였다.

"소나타, 폴로, 투산, 카니발……."

"예준아, 빨리 버스로 가야 해. 화장실만 다녀오라고 했단 말이
야."

희수가 예준이를 잡아끌자, 갑자기 손을 빼더니 낯선 차로 뛰어올
랐다. 그러고는 안쪽으로 쑥 들어갔다.

"야, 정예준! 오늘 왜 그러냐? 다른 날보다 심하네."

희수는 화를 눌러 참으며 예준이를 끌고 버스로 돌아왔다.

쓸어 모은 과자부스러기와 기사님의 화난 얼굴, 난처해하는 선생
님의 모습이 눈에 들어왔다.

"선생님, 얌전히 앉아서 갈게요. 나개를 혼낼게요."

"뭐라는 거야? 자기가 버스 안을 난장판으로 만들어 놓고 누굴 혼
낸다는 거야?"

민지가 예준이를 향해 쏘아붙였다.

버스가 출발했다. 희수는 오늘따라 멋대로 행동하는 예준이를 물끄러미 바라보았다.

"예준아, 나개와 선개가 지금도 네 속에서 싸우고 있는 거야?"

"응, 그린데 신개가 배고파서 움직일 힘이 없나 봐. 잠만 자. 나개가 다 뺏어 먹었거든."

희수가 예준이 어깨에 손을 얹으며 다시 말을 걸었다.

"너는 나개가 좋아? 선개가 좋아?"

"당연히 선개가 좋지. 너도 내가 싫지? 자꾸만 말썽부리잖아. 모두 나개 때문이야. 선개가 힘이 세지면 좋겠어."

"예준아, 네가 힘이 세지게 하면 되잖아. 선개를 말이야."

"선개가 배고파서 힘이 없어."

"그럼 네가 선개에게 먹이 줘. 그럼 되잖아. 네 속에 있다면서. 안 그래?"

예준이가 고개를 저었다.

"아니, 그렇지 않다니까! 지금 선개는 구석에서 나개 눈치를 보고 있어. 힘센 나개가 다 먹어 버린다니까."

그때, 선생님이 의자를 잡고 일어섰다.

"곧 도착하니, 내릴 준비 하자. 자리 주변 쓰레기 다 줍고."

희수가 예준이에게 속삭였다.

"선개에게 먹이 주자. 얼른 일어나서 친구들에게 사과해. 오늘 너 때문에 놀이기구 다 못 탔잖아."

예준이가 벌떡 일어났다.

"친구들아, 미안해. 오늘 놀이기구도 몇 개 못 탔지? 나 때문에 말이야. 이제는 안 그러려고 노력할게."

아이들이 어리둥절한 채로 내릴 준비를 했다.

"어, 선개가 깨어났어. 선개에게 먹이 더 많이 줘야 하는데."

예준이가 두리번거리더니 가방에서 종량제 봉투를 꺼내 들고 소리쳤다.

"쓰레기는 모두 저한테 주세요. 여기 쓰레기 먹는 선개가 있습니다."

"예준아, 여기 쓰레기."

"야, 여기 내 쓰레기도."

아이들이 예준이가 내민 봉투에 쓰레기를 넣자, 민지가 큰 소리로 물었다.

"예준아, 이제 착한 어린이 된 거니?"

"아니, 아직 노력하는 중이야."

아이들은 내릴 준비를 하다 말고 예준이 말에 귀를 기울였다. 예준이가 다시 말했다.

"그동안 내가 나쁜 개 먹이만 줬나 봐. 나쁜 개가 힘이 세져서 착한 개 먹이까지 다 빼앗아 먹었어."

"혼자 '선개가 어쩌구, 나개가 어쩌구' 하던 게 그거였어?"

민지가 고개를 끄덕이며 되물었다.

"응, 그동안 나쁜 개가 먹이를 많이 먹어서 힘이 세진 거였어. 이제부터 착한 개에게 먹이를 줘야 해."

선생님이 아이들을 둘러보며 말했다.

"얘들아, 예준이 이야기 들었지? 예준이가 착한 개에게 먹이 많이 주도록 도와주고 응원해 주자. 예준이가 사과했으니, 받아준다는 의미로 손뼉 칠까? 다 같이 손뼉!"

자다가 일어난 친구, 떠들다 무슨 일인지 모르는 친구까지 모두 힘차게 손뼉을 쳤다. 예준이는 친구들 사이로 다니면서 열심히 쓰레기를 봉투에 담았다.

6. 성민이와 배롱나무

"사람이 오고 있어!"

비둘기가 '나무 쉼터' 위를 날아가며 소식을 전했어요. 수런거리던 나무들이 얼른 흐트러진 자세를 바로 했어요.

"오늘은 어떤 사람이 올까?"

"지난번처럼 둘러만 보고 그냥 가는 건 아닐까?"

"좀 자세히 알려주지. 말만 던져놓고 비둘기는 또 금방 어디 간 거 야?"

나무들이 저마다 한마디씩 했어요. 배롱나무도 궁금하긴 마찬가지였어요.

잠시 후, 성민이와 엄마가 언덕길을 올라왔어요. 성민이가 가쁜

숨을 몰아쉬는 엄마의 손을 잡아끌며 '나무 쉼터' 푯말을 가리켰어요.

"나무 쉼터? 우리 성민이, 나무 쉼터가 어떤 곳인지 아니?"

성민이는 엄마의 물음에 아무런 대꾸도 하지 않고 숲길로 혼자 달려갔어요. 엄마는 성민이 뒷모습을 물끄러미 바라보다가 눈길을 돌려서 나무 쉼터를 둘러보았어요.

그때 숲지기 아저씨가 달려왔어요.

"전화하신 사모님이지요? 아이가 말문을 닫아 버렸다고 하신."

"네, 그렇습니다. 식물을 좋아하는 아이라서 혹시 말문을 여는 데 도움이 되지 않을까 해서 찾아왔어요."

숲지기 아저씨와 엄마가 이야기를 나누는 사이, 성민이는 저만치 떨어진 곳에서 나무들에게 말을 걸고 있었어요.

"나무들아, 반가워. 너희 중 하나를 데려가려고 왔어."

엄마와는 한마디 말도 하지 않던 성민이가 나무들에게는 말을 걸었어요.

"날 데려가 줘."

산수유나무가 얼른 말했어요.

"나는 어때?"

옆에 있던 층층나무가 자기는 어떠냐고 물었어요.

"어? 나무가 말하네!"

성민이 눈이 동그래졌어요.

"네가 말을 걸어 줬잖아. 우리는 새 주인을 기다리고 있어. 여기는 처음 뿌리를 내린 땅에서 살 수 없게 된 나무들이 머무는 곳이야. '나무 쉼터'라고 해."

"그, 그렇구나. 그런데 넌 이름이 뭐야?"

"나는 산수유나무야. 이른 봄에 노란 꽃을 피우고 곧 빨간 열매를 맺지. 날 데려가는 게 어때? 열매는 약으로도 쓰이는데."

산수유나무가 아기 열매를 흔들며 말했어요.

"수호천사가 되어 줄 테니, 나를 데려가 줘."

이제 막 잎이 돋아나는 단풍나무가 가지를 흔들며 말했어요.

"아니야, 이곳에 온 지 가장 오래된 내가 가야 해. 날 데려가 줘."

키가 작은 회양목도 나섰어요. 성민이는 나무들이 서로 데려가 달라고 하니, 당황해서 어쩔 줄 몰라 했어요.

그때 아직 잎도 피우지 못한 배롱나무가 가지를 파르르 떨며 성민이를 보았어요.

"너도 우리 집에 가고 싶은 거니?"

"가고 싶기는……."

성민이의 말에 배롱나무가 말끝을 흐렸어요.

"피! 쟤는 지난가을에 왔는데, 아직 잎도 못 피우고 있어. 좀 모자라는 애 같아."

신빛나무가 꽃잎을 떨어뜨리며 비아냥거렸어요.

배롱나무가 성민이에게 하소연하려는데 나무들이 또 안 좋은 이야기를 했어요.

"배롱나무, 넌 가만있어라."

"귀한 대접 받는 나무였다느니, 할머니가 600살인데 아직 살아있다느니, 꽃을 백 일 동안 피운다느니, 그런 자랑 할 거지?"

"맞아, 아직 꽃도 잎도 못 피운 주제에."

"나, 난, 사실을 말했을 뿐, 뿐이야. 그리고 나, 난 원래 잎과 꼬, 꽃이 늦게 나온다고……."

배롱나무가 말을 더듬었어요.

"또 까불면 가만 안 둘 거야."

나무들이 배롱나무를 향해 막말을 쏟았어요.

"왜 배롱나무를 괴롭히니? 배롱나무를 왕따 시키고 있는 거야?"

성민이가 소리쳤어요.

"아니야! 배롱나무가 자꾸 까분다니까."

"맞아. 자기가 뭐, 귀한 대접을 받는 나무였다나 뭐라나."

"얘들아, 난 거짓말한 적 없어! 오죽헌에 사는 우리 할머니께서는 600살이 맞아."

배롱나무가 힘주어 말했어요.

"어머, 또 거짓말하네. 600살이라는 게 말이 돼? 뱅뱅 틀어져서 영양실조 걸린 모습을 하고 있으면서."

층층나무가 길게 뻗은 가지를 흔들며 빈정댔어요.

성민이가 주먹을 불끈 쥐며 소리쳤어요.

"너희 필요 없어! 내가 배롱나무 친구가 되어 줄 거야. 배롱나무를 데려갈 거라고!"

"뭐라고? 저 볼품없는 배롱나무를 데려간다고?"

나무들이 깜짝 놀라서 말했어요. 그때였어요.

"성민이 어디 있니? 가져갈 나무 골라야지."

엄마가 성민이를 찾았어요.

"소나무와 은행나무 중에서 한 그루 데려가면 좋겠는데, 어떠니?"

성민이가 고개를 가로저었어요. 말문을 닫아 버린 성민이는 고개 흔드는 걸로 생각을 전했어요.

"그럼, 붙잡고 있는 그 나무를 데려가고 싶은 거니? 잎도 피우지 못했는데, 살아 있는 걸까?"

성민이가 고개를 끄덕였어요.

"다른 나무에 비해 꽃과 잎이 늦게 피는 배롱나무입니다. 꽃을 백 일 동안 피운다고 해서 백일홍이라고도 부른답니다."

숲지기의 말을 들은 엄마가 배롱나무 가지를 손으로 쓰다듬었어요.

"다른 나무에 비해 잎과 꽃이 늦게 핀다고요? 성민아, 이 나무를 데려가자."

성민이가 고개를 끄덕이며, 두 팔로 배롱나무를 안았어요.

성민이 엄마는 집으로 돌아와서 배롱나무를 정원에 정성스럽게 심었어요.

"성민아, 배롱나무에게 새 이름을 지어 주자."

성민이는 좋다고 말하고 싶은데, 나오지 않아서 우물거렸어요.

"음. 배롱나무니까, '배롱이'가 어때?"

엄마는 성민이 표정을 보고 마음을 읽었어요.

"이제 너의 이름은 배롱이야. 그리고 성민이랑 친구다. 여기서 잘 지내렴. 백 일 동안 멋진 꽃도 피우고."

엄마가 손을 뻗어 배롱나무를 다독이자, 성민이는 속으로 노래를 부르며 주위를 뱅뱅 돌았어요.

'배롱 배롱 배롱아, 너는 나의 친구. 배롱 배롱 배롱아, 나는 너의 친구.'

엄마가 성민이를 흐뭇한 얼굴로 바라보다가 말했어요.

"이제 들어가서 씻을까?"

성민이는 배롱나무를 두고 가려니, 마음이 놓이지 않았어요. 이사 온 첫날이라 걱정되었거든요.

'나무들아, 오늘 새로 이사 온 배롱이야. 친절하게 대해 줘.'

커다란 소리로 말하고 싶은데, 역시 입 밖으로 나오지 않았어요. 배롱나무에게도 내일 만나자고 하고 싶은데, 입안에서만 뱅뱅 돌았어요. 성민이는 배롱나무를 두 팔을 펼쳐 안아 주고 나서야 돌아섰어요.

일요일 아침 어둠이 걷히자, 새들이 깨어나 지저귀기 시작했어요.

"배롱아, 안녕?"

성민이가 주변을 살피며 달려왔어요.

"새벽에 웬일이니? 무슨 일 있어?"

배롱나무는 반가우면서도 걱정되어 성민이의 눈치를 살폈어요. 그러다가 어렵게 말을 꺼냈어요.

"친구들이 지금도 널 괴롭히니?"

"배롱아, 어떻게 알았어? 친구들이 날 괴롭히는 거."

성민이는 배롱나무가 학교생활을 알고 있어서 깜짝 놀랐어요.

"나무 쉼터에서 화내는 걸 보고 알았지. 우린 공통점이 있는걸."

"내가 말을 안 하니까, 친구들이 놀아 주지 않아."

"그러면 먼저 말을 걸어 보지 그러니?"

"나도 그러고 싶어. 그런데 말이 숨어 버려."

배롱나무가 목소리에 힘을 실어서 크게 말했어요.

"성민아, 지금 나한테 말하고 있잖아. 나무 쉼터에서도 말했어."

"그때 나도 놀랐어. 입에서 나도 모르게 말이 튀어나왔거든."

잠시 가만히 있던 성민이가 다시 말했어요.

"배롱아, 엄마 몰래 오느라고 새벽에 왔어. 너한테 비밀을 말해 주려고."

"비밀이라고?"

"우리 가족은 미국에서 살았는데, 새 학기 시작에 맞추느라 엄마와 내가 먼저 한국으로 왔어. 아빠는 하는 일 마무리하고 오신대."

"미국에서 얼마나 살았는데?"

"5년. 엄마 아빠는 내가 한국말을 잊을까 봐, 집에서는 거의 영어를 쓰지 않았어. 그런데도 한국말이 서툴러."

배롱나무는 궁금한 게 많아졌어요.

"계속 이야기해 봐."

"그래도 새 친구들을 만난다는 설렘을 안고 한국말 발음 연습을 열심히 했어. 자기소개도 연습하고 말이야. 그런데 막상 낯선 친구들 앞에 서니, 말을 더듬고 말았어. 그러자 친구들이 한국 사람이 한국말도 못 한다고 마구 놀렸어.

배롱나무는 참지 못하고 끼어들었어요.

"놀리는 아이들 때문에 상처받았구나!"

"친구들이 환영해 줄 거라고 여겼는데……. 쉬는 시간에 친구들이 이것저것 물어보는데, 머릿속이 윙윙거려서 알아들을 수 없는 거야. 내 입은 꽁꽁 얼어붙고 말았지."

"저런, 쯧쯧. 그래서 어떻게 됐어?"

배롱나무의 목소리가 커졌어요.

"그 후로도 내가 말하면 아이들은 기다렸다는 듯이 큰 소리로 웃었어. 내 발음을 흉내 내며 놀리기 일쑤였어."

"그래서 네가 말문을 닫은 거구나."

다음 날, 성민이가 잔뜩 뿔이 난 채 학교에서 돌아왔어요. 배롱나무는 마음을 졸이며 성민이를 바라보았어요.

"나, 학교 가기 싫어! 아이들이 자꾸 말하라며 윽박질러. 그런데 말이 나오지 않아. 입속에 말을 못 하게 하는 괴물이 지키고 있나 봐."

배롱나무가 가만히 있다가 입을 열었어요.

"성민아, 엄마 앞에서 천천히 말해 봐. 엄마 앞에서는 뭐든지 잘 되잖아? 나도 전에 엄마랑 있을 때는 힘든 게 없었어. 숨어 있던 용기도 불쑥불쑥 나오던걸."

하지만 성민이는 한숨을 쉬었어요.

"서툰 발음 때문에 친구들이 놀렸다고 하니까, 엄마가 몇 시간이고 같은 발음을 연습시켰어. 차라리 말을 안 하는 것이 더 편해. 언어치료 선생님도 나더러 자꾸 말해 보라고 해. 그럴수록 말이 입속으로 숨어 버리는데 말이야."

배롱나무가 한숨을 쉬더니 말했어요.

"네가 학교 가고 나면, 너의 엄마가 내게 꼭 들르셔. 네가 말을 하지 않으니까 도와주고 싶어도 못 돕는다고 하셨어. 아주 슬퍼 보였어."

성민이가 고개를 숙이고 발로 땅을 툭툭 찼어요.

"엄마가 정말 그랬어?"

"나와 나누는 이야기를 엄마에게도 하렴. 그래야 엄마가 널 도울 수 있어."

성민이는 배롱나무 가지를 손으로 쓰다듬다가 잎눈을 발견했어요. 성민이는 너무 좋아서 큰 소리로 말했어요.

"배롱이 가지에 새잎이 돋았어. 여기서 살 준비가 되었나 봐!"

그 소리를 듣고, 마중 나오던 엄마가 달려왔어요.

"우리 성민이, 말했어?"

성민이는 부끄러운지 배롱나무 주변을 빙빙 돌며 노래를 흥얼거렸어요.

"배롱 배롱 배롱아, 너는 나의 친구. 배롱 배롱 배롱아, 나는 너의 친구."

엄마가 배롱나무의 싹을 다정한 눈빛으로 바라보았어요. 성민이가 다가와 엄마의 손을 잡았어요.

7. 임금님의 단오 선물

"태리 누나, 놀아 줘. 심심해."

텔레비전을 보고 있는데, 네 살 동생 태우가 놀자고 보챘다. 나는 귀찮아서 못 들은 척했다. 시장 갔던 엄마와 할머니가 양손 가득 짐을 들고 현관으로 들어섰다.

오늘은 강릉단오제 날이다. 유네스코 무형문화유산으로 등재된 강릉단오제가 돌아오면 할머니 댁에 친척 어른이 모여 함께 즐긴다.

"태리야, 태우는 어디 있니? 혼자 텔레비전 본 거야?"

엄마가 손에서 짐을 내려놓으며 말했다.

그때, 안방으로 들어간 할머니가 소리쳤다.

"아니, 이게 무슨 일이냐? 태우가 일을 저질렀구나!"

엄마가 놀라며 안방으로 달려갔다. 나는 얼른 텔레비전을 끄고 뒤따라갔다.

"어머나, 어떡해요?"

엄마는 당황해서 어쩔 줄 몰라 했다. 안방은 그야말로 난장판이었다. 문갑 문이 모두 열려 있고, 속에 있던 물건은 방바닥에서 나뒹굴고 있었다.

여기저기 도장이 마구 찍힌 누런 한지가 눈에 들어왔다. 옆에는 뚜껑이 열린 인주 통이 뒹굴고 있었다.

"이걸 어쩌냐! 우리 가문의 보물을 태우가 건드린 모양이다."

할머니의 목소리가 집안 공기를 흔들었다. 엄마가 난장판이 된 물건 사이에서 나뒹구는 부채를 얼른 집어 들었다. 엄마는 부챗살을 펴 들고 확인했다.

"다행히 부채는 괜찮아요. 포장한 한지에만 도장을 찍은 거 같아요."

"아이고, 조상님! 감사합니다."

할머니는 부채를 새 한지로 말더니 매듭으로 잘 묶어서 문갑 위에 올려놓았다.

"부채를 이번 단오에 너희에게 맡길 참이었어. 이젠 너희가 간직

해야지. 이만하길 다행이다."

할머니의 당황한 목소리는 여전히 수그러들지 않았다.

"너는 동생이 방을 난장판으로 만들었는데도 몰랐니?"

엄마의 날카로운 목소리에 나는 한마디 변명조차 할 수 없었다. 할머니를 쳐다보았다. 엄마의 잔소리 폭탄을 늘 막아 주는 할머니가 아닌가? 그런데 이번 폭탄은 막아 줄 것 같지 않았다. 할머니는 나와 눈도 마주치지 않고 방에서 나갔다.

"손님 오시기 전에 빨리 정리하고 방바닥도 걸레로 닦아. 그리고 태우 좀 신경 써. 6학년이면 알만한 나이잖아!"

엄마가 주방으로 가자, 태우가 침대 위로 올라가더니 울먹이며 말했다.

"누나, 미안해."

나는 태우를 안고 등을 두드려 주었다. 이쯤에서 마무리된 걸 다행으로 여기며 부지런히 방을 정리했다. 치우는 사이, 태우는 어느새 잠이 들었다.

'이 부채가 뭐기에 그리 화를 내실까?'

할머니와 엄마가 어쩔 줄 몰라 하던 모습이 떠올랐다. 임금이 준 선물로 목숨을 건진 조상이 있다는 말을 할머니께 들은 적이 있다.

그런 거라면 몰라도, 오래된 부채 가지고 화를 내는 게 이해되지 않았다.

매듭을 살짝 당겨서 조심스럽게 한지를 열었다. 나는 살그머니 부채를 펼쳐 보았다.

"음, 시원한걸. 단오는 왜 열려서 정신없게 하는지 몰라. 부채야, 너 때문에 오늘 단오 구경이고 뭐고 할머니 댁에서 집으로 쫓겨갈 뻔했어. 내 쪼그라든 심장에 바람 좀 불어넣어 줘라."

나는 눈을 감고 부채질하며 바람의 맛을 느꼈다.

"서둘러라. 서둘러! 거기 새로 들어온 생각시, 뭘 꾸물거리는 게냐?"

낯선 말투가 들려서 눈을 번쩍 떴다. 처음 보는 곳이었다.

'뭐지?'

눈을 비비고 다시 둘러보았다.

'여기가 어디지? 사극 드라마에서 봤던 곳이네. 어머, 내가 궁녀 옷을 입었잖아. 내가 궁녀가 된 거야?'

그때였다.

"네가 이번에 새로 들어온 소주방 생각시구나. 그리 행동이 굼뜨면 되겠느냐?"

나는 어안이 벙벙했다. 궁녀들이 주변에서 바삐 움직이고 있었다.

"떡시루에 김이 더 오르도록 불을 지펴라. 한 시루 더 쪄야 하는데
늦구나."

나이 지긋한 궁녀가 이리저리 다니며 일을 시키느라 바빴다.

"떡을 이렇게 많이 한다고요?"

"불 지피라는데, 웬 말이 많은 게냐?"

옆 아궁이에서 불을 지피던 궁녀가 눈을 흘겼다.

나는 정체가 탄로 날까 봐 부지런히 손을 움직였다.

옆에서는 궁녀 두 명이 으깬 생선으로 완자를 빚고 있었다. 떡시루

옆에서는 소고기 육수를 만드는지 구수한 냄새가 솥에서 올라왔다.

"민어는 어디서 구해왔을꼬?"

"어알탕 한다고 상궁님이 궐밖에 다녀왔다더라. 이번 단오연회에
는 종3품까지 참석한다잖아. 내·외명부 부인까지 궁궐로 초청하
니, 음식 장만이 끝도 없네."

"어휴, 힘들어. 어서 단옷날이 지나가야 두 다리 뻗고 잘 텐데."

궁녀들이 소곤거리는 소리가 귀로 쏙쏙 들어왔다.

"오늘 새로 온 생각시는 어디 있는 게냐?"

나는 불이 활활 타는 아궁이를 들여다보고 있었다.

"애, 널 찾잖아. 얼른 저기 상궁님 따라가 봐라."

나는 벌떡 일어나서 상궁을 따라갔다. 발걸음이 어찌나 빠른지 뛰
듯이 따라갔다.

"연회장을 깨끗이 청소하는 것이 네가 해야 할 일이다. 서둘러라."

"저, 어떻게 하는지 모르는……."

상궁은 내 말이 들리지 않는지 횅하니 다른 곳으로 가 버렸다. 나
는 걸레를 들고 부지런히 마루를 닦았다. 땀이 절로 흘렀다.

청소가 끝나자, 궁녀들이 상에 음식을 나르기 시작했다. 정면의
임금님 자리에는 커다란 상이 놓였고, 옆으로 신하들 상도 한 사람

앞에 하나씩 놓았다. 상을 각각 따로 받는 것이 신기했다.

그때 상궁이 나를 불렀다.

"부채를 중전마마께 드리고 오너라. 마마께서 하실 일이 있다고 하신다."

"그런데 중전마마는 어디 계시는시요?"

그때 다른 상궁이 나섰다.

"날 따라오면 된다."

나는 부채가 담긴 함을 들었다. 그런데 할머니 댁에서 본 부채와 같아서 나도 모르게 손으로 만져 보았다.

"감히 손으로 만지다니! 조심하여라. 이 부채는 단옷날 임금님이 하사하시는 선물로 단오선이라고 하느니라."

"네, 명심하겠습니다."

왕비의 방이 가까워지자, 상궁이 말했다.

"다 왔다. 이제 연회장으로 돌아가거라. 부채는 내가 중전마마께 보여드리마."

상궁이 함을 받아서 들었다. 나는 돌아서서 다시 연회장으로 향했다. 부지런히 오던 길을 되돌아가며 주변을 둘러보았다. 궁궐 안에 시냇물이 흐르고, 다리를 건너야 하는 것이 신기했다. 다리 밑으로 듬성듬성 베어낸 흔적이 보이는 창포가 보였다. 창포를 보니, 반가웠다. 강릉단오장에서 창포물에 머리 감기 체험했던 일이 생각났다. 체험장에 베어다 놓은 창포가 세워져 있는 것도 본 적이 있다.

'궁궐 안에도 창포가 있었구나. 창포 삶은 물로 왕비도 공주도 머리를 감았겠지?'

궁궐 안을 살피는 것이 신기하고 재미있었다.

드디어 연회가 시작되었다. 임금님이 목소리를 높였다.

"오늘은 5월 5일 단오요. 1년 중 양의 기운이 가장 센 날이라 하였소. 단오 음식이라면 수리취떡과 어알탕이 최고 아니겠소. 이번에는 특별히 명나라 재상들이 즐겨 먹는다는 제호탕도 준비하였고 단오주도 있으니, 많이 들고 올여름 무탈하게 보내시오."

신하들이 한목소리로 말했다.

"성은이 망극하옵니다."

임금님이 단옷날에 음식을 내리고 신하들을 격려하는 모습을 보니, 가슴이 뭉클했다. 임금님은 백성을 생각하는 어버이와도 같았다.

연회가 끝날 때쯤 부채를 하나씩 나누어 줄 거라고 상궁이 말했다. 나는 기다리면서 비단 끈으로 곱게 묶은 부채들을 들여다보았다. 왕비 방에 갈 때와는 다르게, 부채마다 손잡이에 밤알 같은 것이 오색실에 묶여 달려 있었다. 할머니 댁에서 본 부채에는 없던 거라 자세히 들여다보았다. 그러자 상궁이 낮은 목소리로 말했다.

"궁금한 게 많구나. 그건 옥추단이다. 일종의 구급약이지. 그걸 부채에 달고 다니다가 배탈이라도 나면 응급약으로 사용한단다."

상궁의 설명에 고개를 끄덕이는데, 왕의 목소리가 들렸다.

"예로부터 단오 선물은 부채요, 동지 선물은 책력이라 하였소. 오늘 그대들에게 부채를 하나씩 선물하겠소. 왕비께서 옥추단도 준비하였으니, 건강에 각별하게 신경 쓰도록 하오. 부채를 가져오너라."

나는 부채를 담은 예반을 들었다. 상궁이 부채를 하나씩 임금님께 드렸다. 신하들이 한 사람씩 나와서 황송해하며 임금님이 주는 부채를 받아 들고 자리로 갔다. 모두 나누어 주었는데, 하나가 남았다. 상궁이 남은 부채를 보며 말했다.

"한 분이 참석 못 했구나. 혹시 부채를 찾을지 모르니, 연회 마칠 때까지 잘 간직하고 있어라."

나는 예반을 들고 뒤로 물러났다.

'이게 임금님이 내리신 단오선이란 말이지.'

나는 부채를 살짝 펴서 부쳐보았다. 얼굴 가득 시원한 바람이 불었다.

"고모님, 오셨어요? 작은아버님, 어서 오세요."

"우리 온다고 괜한 고생이구먼. 단오장에서 국밥 한 그릇 먹으면 되는데, 이리 부산을 떨까?"

엄마의 인사 소리에 이어 고모할머니 목소리가 들렸다.

나는 화들짝 놀라 두리번거렸다. 안방이었다. 내 손엔 할머니가 귀하게 여기는 부채가 들려 있었다.

'아, 임금님이 준 단오 선물! 조상님이 부채에 달린 옥추단으로 생명을 구한 거였구나. 이렇게 귀한 부채가 우리 집에 있다니!'

어깨가 으쓱해졌다. 단오가 더욱 의미 있게 나에게 다가왔다.

"태리야, 태우야. 고모할머니, 작은할아버지 오셨다."

나는 얼른 부채를 싸서 문갑에 올려놓고 거실로 나갔다. 상 위에 수리취떡과 앵두화채가 놓여 있었다.

"덥다, 더워. 어서 먹자."

할머니가 앵두화채를 떠서 마셨다. 빨리 단오제 구경을 가고 싶어서 내 엉덩이가 들썩거렸다.